가을전어와 춤추다

2020 시 공간 02

http://cafe.daum.net/poem-space

인쇄 | 2020년 9월 1일
발행 | 2020년 9월 7일

발 행 인 | 김종태
편집위원 | 모현숙 박소연 박용연 서정랑 송원배 이복희
발 행 처 | 시공간
인 쇄 처 | 북랜드
          06252 서울 강남구 강남대로 320, 황화빌딩 1108호
          대표전화 (02)732-4574, (053)252-9114
          팩시밀리 (02)734-4574, (053)252-9334
          홈페이지 | www.bookland.co.kr
          이 - 메일 | bookland@hanmail.net

ISBN 978-89-7787-957-7 03810

값 10,000원

2020 詩 공간 02

가을전어와 춤추다

김종태 모현숙 박소연 박용연 서정랑 송원배 이복희

詩공간동인

머리말

詩공간동인의
두 번째 말[詞]입니다.

詩를 품고 걸어가는 우리들의 여정이
'함께'라서 참 좋습니다.

일곱 명의 가슴 속에서
각자의 목소리와 몸짓으로
키워낸 말들이
서로에게 '따뜻한 힘'이 되듯,

다른 누군가에게도
따뜻하고 힘이 되는
詩가 되기를 바래봅니다.

이렇게
'세상 사람들과 함께 걸어갈 수 있어서'
또, 참 좋습니다.

2020년 가을

차례

김종태
koatech7@hanmail.net

수상한 그녀, 꽃 피우다 외 9편

수상한 그녀, 꽃 피우다

이름부터가 좀 수상하다 싶더니
저게 아무래도
숨겨놓은 비밀이 있긴 있는 모양이다

그렇지 않고서야
담장 따라 핀 장미도 안면 없는 날 보고
방긋 얼굴 내미는데
애써 길러준 내게 눈길 한 번 주지 않는 걸 보면
애초부터 점찍어 둔 곳 있었던 거겠지

피고 접는 건
그녀의 독특한 사랑법이라서

밤새 어둠으로 접어두었던 그리움
새벽 공기 한 모금으로 곱게 단장하고
모가지 비틀어 햇살 쫓아 꽃피우는 저 순정

'당신 절대 버리지 않겠다'라는 꽃말의 언약이
하도 경이로워
베란다 슬그머니 빠져나오는데

미안한 마음은 있었던지 '길러준 은혜 고맙다' 한다

사랑초,
그 연약한 꽃대 속에
얼마나 단단한 순정의 뼈대를 숨겨두고 있는 걸까

배은망덕

당신
술 좋아한다고
바다 건너 따라왔는데

새파란 꿈
황혼에 이르도록
수십 년 가둬 놓기만 해놓고

청포도 향香, 참소주 여인과
한 잔만 더
한 병만 더 하며
놀아난 당신

'두고 봐라, 독한 맛 보여줄 테니'

다 말라 툭툭 터지는 입술로
심술부리는 저 위스키

유언 遺言

단골로부터 사 놓은 육쪽마늘 묶음을
몇 달째 베란다에 걸어두신 노모

올해 김장도 당신 손으로 직접 해줘야 한다며
그 마늘, 혹시 상하지나 않았을까
굽은 허리로 틈날 때마다 살피신다

무좀으로 두꺼워진 발톱이 살을 파고들어
발톱 깎기에 집중하고 있는데

느닷없이
'올여름, 내 죽거들랑 저 마늘 가져가 김장하는 데 쓰라'
하신다

빛과 어둠이 겹겹이 다녀간
백 년 세월의 무게가 얼마나 무거우면
등은 저토록 굽어야 하고
마음은 또 어린애처럼 약해져야 하는 건지

껍질 속 마늘처럼 알싸해진 나는
어느새
자궁 속 꼬부라진 태아가 되어
엄마 집을 나선다

맨발로 노래 불러본 사람은 다 안다

점잖은 그 형님은 노래방에만 가면 신발 벗고 양말까지 벗는다. 발바닥에 노래가 스며들면 모든 단조의 노래는 유쾌하게 편곡되어 무슨 노래든 다 부를 수 있는 맨발의 청춘이 된다

절망을 절망케 했던 빚보증의 후회가 목구멍 속 노랫말에 자박자박 묻어나와 밑바닥에 닿았으니 반등의 꿈은 얼마나 절실했을까 종아리까지 바지 걷어 올리고 두루마리 화장지 술술 풀어가며 엉덩이까지 흔드는 맨발의 댄서가 되고 나서야 격식의 무게에서 빠져나온 형님의 묵힌 슬픔은 가장 낮은 몸, 발바닥으로 풀어낼 수 있었다

밑바닥에 닿게 되면 빚의 무게가 얼마나 가벼워지는지 '맨발로 노래 불러본 사람은 다 안다.' 하신다

무슨 노래든 어떤 춤사위든 눈빛으로 수긍하는 맨발의 형님, 그 시간만큼은 갇힌 틀 속에서 해방된 자유로운 영혼이다. 신기한 것은 이튿날까지 내 발바닥에도 어깨 가벼워진 노랫말이 묻어 나와 4분의 3박자 스텝을 밟고 있다

코로나 등불

일상이 닫힘 모드로 바뀌니
갑자기 불어난 시간들

이참에
하루 만 보는 걸어야겠다며
범어동산 넘어가
갑갑해하는 친구들 만났다

하찮게 여긴 바이러스에
무너진 봄날을 안주 삼아
막걸리 몇 병 마시고는

보이는 것과 보이지 않는 것들이
함께 넘실거리는 늦은 밤
산 넘어오는데

멀쩡한 눈에도 보이지 않는
코로나 바이러스
잘 피해서 오라며

아버지
산책길 열림 모드로
불 밝혀 두고 가셨다

가을전어와 춤추다

짝지어 저녁 한번 먹자는 가을비의 문자에 한결같이 제목이 뭐냐며 갈참나무 잎들 쪼아대고 사랑에 목마르다던 후박나무도 절뚝절뚝 걸어 나왔다

약속 장소로 가는 길, 이마에 찰싹 달라붙는 플라타너스 한 잎, 아직은 싱싱한 젊음을 자랑하듯 잎맥의 안쪽 너른 가슴은 둥둥거리는 소리로 흥건했다

가을비가 매달린 가지의 소매를 끌어당기고 얌전하던 단풍의 엉덩이가 뜨거워졌으니 어찌 그 자리, 거부할 수 있었을까. 식사를 마치고 고량주에 절어 식당 앞마당을 나서니 한 잔 더 하자며 하늘바다에서 뚝뚝 떨어지는 전어들, 가을은 지느러미 채로 퍼드덕거렸고 내 이마는 단풍잎에 풍덩 빠졌다

물속 블루스를 밤새 추고 난 단풍잎 그녀, 지구를 몇 바퀴나 돌고 돈 내 이마에 이튿날까지 끙끙 앓는 몸살을 안겨주고 떠나갔지만

그날 밤, 달콤했던 그녀와의 춤은 가을이 올 때마다 짙어진다

소나무 사랑

누군들
솔잎 떨구어
어깨 가벼워지고 싶지 않으리

소나무
늘 푸른 까닭은
매달린 짐
죽어서도 내려놓을 수 없는
모정母情 때문인 것을

저문 풍경 속에도
그 사랑
빛나고 있네

만보정* 하루살이

1.

피라미 조림에 막걸리 맛
나만이 아는 줄 알았는데
하루살이 지놈도 안다고 윙윙거린다

'알긴 뭘 알아' 무심코 흔든 내 손바닥에
몇 놈의 이마가 부서졌다

반나절밖에 못 산 하루살이를
바람의 수레에 실려 보냈으니
얼마간 내 죄 크다

2.

천생이 무욕으로 태어난 착한 놈이어서
행여나, 내려앉으면 풀잎이 무거워할까 봐
환승구간 정류장이 비좁을까 봐
작고 가벼운 몸짓
그것도 미안해서 하루만 머물다
또 다른 우주로의 잠행이다

3.
헉헉거리며 오른 욱수골 만보정
셈에 밝은 사람들은 틀에 갇힌 줄도 모르는데
하루살이는
하늘 보고 땅 보았으니 온 세상을 다 보았겠다
이승과 저승
삶의 합은 공평해야 한다며
만보정 처마를 떼 지어 들어 올리고 있었다

 * 만보정 : 대구시 수성구 대흥동 욱수골 소재

詩, 아득하다

붉게 물든다는 건
절정에 도달했다는 것
단풍이 그러하다

제 몸 바위에 던져
멍든 흰 거품도 물의 절정이었으니
겨울 오기 전
계곡의 가을 풍경, 어서 떠나보내야 한다며
물소리도 저토록 재촉하는 것이다

오백 년의 무겁고 지루한 시간
막걸리로 달래 오다 술 취해 누워있는
운문사 와송의 축 처진 어깨도 절정이다

가을
운문 가도는 저마다의 절정으로 아득한데

편한 잠자리 한 번 누워보지도 못하고
메말라 비뚤어진 내 詩는
혹독한 겨울
얼마를 더 견뎌야 절정에 다가설까

보리밭 관광

전북 고창군 청보리밭
허리띠 풀고 한차례 흔들었던 오줌발
흔적 찾아보는데
밭고랑 끝 자락쯤, 물씬한 지린내다

고봉高捧으로 담긴
보리밥 한 그릇, 기억 저편을 한 차례 흔들며 가져오니
여기가 더는 낯선 마을 아니다

언 땅 부풀리고
부대끼며 살아온 팔 남매의 몸부림
이삭에 매달린 엄마의 눈망울 끝에서
까칠한 눈썹이 구름을 찌른다

지금 초원엔 평화로 가득한 형제들
까만 김밥 한 줄로 추억을 씹었는데도
입 닦은 손등은 시커멓지가 않았다

그날
보리밭에서 찾을 수 없었던 깜부기
검붉은 매연의 꼬리를 달고
귀가하는 버스를 힘차게 밀고 있었다

모현숙
22tree@hanmail.net

짜장면은 짬뽕을 이긴다 외 9편

짜장면은 짬뽕을 이긴다

고깃집 가서 외식하자는 딸에게
짜장면이나 짬뽕이 먹고 싶다는 노모의 입맛은
떠나온 고향 오일장 그 어느 난전에 머물러 있다

착한 가격 동네 반점의
홍합짬뽕과 짜장면 앞에서
짜장면 그릇을 먼저 집는 노모의 외출은 단출하다
짜장면이 짬뽕을 이기고
따신 보리차가 생수를 이기던 동네 반점

살아오면서 이겨본 적 별로 없던 노모는
이긴 짜장 면발 앞에서도 조심스러워
단무지까지 덩달아 노랗게 얌전해진다
옷에 묻히지 않으려는 짜장면처럼 조심스러운 노화는
짙어진 검버섯과 작아진 몸집으로
빈 짜장면 그릇 건너편에서 아이처럼 웃는다

요안나 요양원에 다시 모셔놓고 돌아서는 저녁
노모를 이겨 먹은 딸의 명치끝이 검게 막히고
오늘도 지고 있는 노모는 고요하고 어리기만 하다

낙타라도 될까요

의사 선생님, 눈이 너무 뻑뻑해요

낙타처럼 긴 속눈썹이 없는 환자분,
안구건조증이 심각하네요
건조해질 대로 건조해진 그리움이
눈 속에서 모래처럼 굴러다니네요
눈이 온통 사막이네요

의사 선생님, 눈이 뻑뻑해서 잘 보이지 않아요

그리움이 굳어서 노안이 되신 환자분,
샅샅이 모두 다 보려고 하지 말아요
뻑뻑한 그리움엔 인공눈물을 처방할게요
인공눈물 넣고 3일 후에 다시 나오세요.

의사 선생님, 사막에서 엄청 울다가 다시 올게요
낙타를 타고 오든지
그리움을 안고 오든지
새파랗게 젊어져 오든지

숫자의 감정

묵묵하던 숫자 속에 감정이 살기 시작했다

일흔의 아들이 찾아오는 매월 25일 동그라미가
독거노인의 낡은 잇몸을 둥글게 웃게 하고
가난한 형의 임플란트 치료비는
외면하고 싶은 동생의 버거운 잇몸이 되던
그 숫자들, 그리움의 허기이거나 치통보다 우리하거나*

24시간 연중무휴 편의점의 최저 시급은
취업 준비생의 끈 풀린 운동화처럼 자꾸 밟히고
숨소리조차 들리지 않던 네 전화번호는
눈 빠지게 기다리는 전화기의 인기척으로
그 숫자들, 지나친 불안이거나 넘치게 두근거리거나

똑 부러지게 제 생각 밝히며
날마다 스스로 진화하는 숫자들
정나미 없는 사람의 말투까지 흉내 내며
사람들 틈에서 사람짓을 하기 시작했다

〈

철 없이, 숫자들이 자꾸만 사람을 닮아가고
겁 없이, 숫자들이 자꾸만 감정을 드러내며

*우리하다 : 신체의 일부가 몹시 아리고 욱신욱신한 느낌이 있다.
　　　　　경상 지방의 방언이다.

나의 詩作法

달달하고 행복하다고 말하면 너무 가볍게 날릴까
한물 간 사랑에 구구절절 애틋하면 질린다 하겠지
시장 수면바지처럼 편하면 싸구려라고 할지도 몰라
앨범 속 낡은 유년의 사진처럼
멈춘 시는 여전히 어리고 불편하다

철없는 어린 詩를 두고 빨리 늙어가는 내게
어쩌다 찾아온 문장이 반갑게 말 걸어오는 날엔
폴폴 날리는 웃음기만 데리고
대책 없이 그냥 진탕 놀아 볼 거다

불편하고 어린 문장들이
힘 빼고 철들 때까지

오타를 읽다

더 빨리 닿고 싶어 달려오다가 흘린, 네 문자
미처 따라오지 못한 자음을 어르고 달래는데
달음박질로 훅 뛰어드는 네 오타의 입김, 뜨겁다

무명실에 뽑힌 어린 젖니처럼 앞니 빠진 네 문장
징검다리 건너듯 너를 경쾌하게 해석한 나는
주저 없이 빠르게 답장한다
주머니에 숨긴 망설임을 찾아내고
틀린 문장의 숨찬 호흡까지 맡으며
나는 너를 단숨에 읽는다

네게 닿는다

취업난을 다리다

취업 면접 다녀온 와이셔츠에서
막 풀려난 넥타이 매듭엔
높은 담장을 넘어가는 뱀처럼
기울어진 정답이 꿈틀거린다
벗어둔 양복에는 미처 빠져나오지 못한
젊은 몸의 지친 굴곡이 숨어든다

바지 주름선에 입사지원 동기를 칼같이 새기고
와이셔츠 소매에 정답의 각을 바로 세우는
스팀다리미의 열렬한 수증기는
신앙심 깊은 자의 어떤 기도보다 더 뜨겁다

높은 취업난을 아주 만만하고 편평하게 아멘
숨 막히는 면접을 술술 풀어내게 관세음보살
꾹꾹 눌러 뜨겁게 다림질 중이다

기도를 뒤집다

자식 어깨의 짐이 되지 않게
하루라도 빨리 자는 잠결에
저를 데려가 주시옵소서

독거노인의 간절하던 새벽 기도
그 기도가 3월엔 뒤집혔다

제가 지금 코로나에 감염되어 죽으면
장례 치르는 자식들 두 배 힘들게 만드는 일이니
코로나 끝날 때까지 저를 무탈하게 해주시고
코로나 끝나거든 그땐 언제든지 데려가 주시옵소서

노인들은 간절하던 기도까지 뒤집었고
사람들은 스스로의 동선을 꽁꽁 묶어
벚꽃을 그냥 보내고, 개나리를 외면하며
조문객마저 거절한 채 이별까지 격리했던
대구의 봄은 2미터 밖에서 각자 울고 있었다

뒤집힌 기도의 간절한 동선 따라
스스로 묶었던 봄이 격리 해제될 때
우리 팔에 매달려 간지럼 태울 어린 봄을
우리 옆에 바짝 당겨 앉혀둘 거다

누군가의 그늘이 된다는 것은

건조하게 굴절되거나
단순하게 줄어들거나
애타게 길어지는
그늘은

말없이 뒤로 물러서서
빛의 배경이 되어 주었다

길고양이 꼬리에 매달린 그늘은
굽은 골목길의 꼬리 선명한 긴 그림자로
길고양이의 낯선 귀가를 얌전히 따라가고
당신을 쫓아가는 나의 그늘도 부지런히 걷고 있다

누군가의 그늘이 된다는 것은
뒤에서 환하게 지켜주는 배경이 되거나
말없이 따라가는 길고양이의 꼬리 같거나

무지외반증

각진 틀 속으로 꽉 밀어 넣어서 숨막혀 그랬어
잘 맞지 않다는 걸 알았지만 모른 척해서 생겼어
오래 지나면 차츰 익숙해져서 괜찮을 줄 알았어
감춰둔 고집의 뼈들이 삐죽거리며 튀어나와도
전혀 눈치채지 못했어

하이힐 속 갇힌 엄지발가락의 변형처럼
불안한 높이로 숨겨둔 내 그리움도
무지외반증으로 아주 고약해졌어

휘어지고 튀어나와
전혀 알아볼 수도 없는
저 낯설고 낯선 고집

무궁화꽃이 피었습니다*

곧 술래에게 무궁화꽃이 필 거래
그럼 머리카락 보일라 꼭꼭 숨기로 하자

꼭꼭 숨긴 머리카락 속에서도 넌 필 거야
몰래 피어나는 널, 술래가 알아채기 전에 숨길 거야
술래에게 붙잡혀도 나는 널 숨겨둔 장소마저 잊은 거야
귓불까지 무궁화꽃이 피어도 나는 널 모르는 거야
약지에 끼워준 뻐근한 반지부터 먼저 속여볼 거야
무거운 약속도 어깃장 부리며 어겨볼 거야
꼭꼭 숨어서 슬픔도 맛있게 잘 먹을 거야
배 부르면 술래 따윈 무섭지 않을 거야

머리카락 보일라 꼭꼭 숨어라
무궁화꽃이 피었습니다

오늘의 너는 처음부터 없었고
내일은 나도 없을테니
내가 술래 되는 날 숨바꼭질도 즐겁게 끝낼 거야
분명히 세상은 눈도 꿈쩍 하지 않겠지만

 * 숨바꼭질의 응용놀이

34

박 소 연
spdhqlf@hanmail.net

노목과 이야기하다 외 9편

노목과 이야기하다

나무는 멍울을 자기 몸에 둥글게 말지

다지고 끌어안은 나이테가 무색하게
느슨한 생이길 원했지만
말라가던 뿌리로 가지 끝에 수액 흘려보내며
휘청이던 날들

그랬었지
흙을 눈에 넣어야 할 즈음
곰삭아 옹이로 들여 앉아도
그저 한 평 그늘이면 족하댔지

점점 엉성해지는 잎사귀를 보며
허허, 이놈도 날 닮은 옹이를 품었네, 하시던
당신

다 내어준 뒤 그루터기 남으면
그제야 마른 껍질 같던 굳은살
한 겹씩 툭툭 벗어던질 거랬지

씨앗네 이야기

씨앗 얹어놓은 귀퉁이를 후비는 빛 꼬챙이
껍질 얇은 곳, 햇살이 문을 찌를 때 어린 것
두근거리는 숨결로 달그락거린다

앙상한 겨울, 칭얼대면 안아 젖 물릴 때
온몸 빨려들면서도 맘 부풀던 어미
대문 밖, 꽈리 튼 냉기에 움츠러들었지

여린 빗줄기와 바람 구름과 이슬 속에서
몸피를 키우던 그들이
알싸한 햇살에 엉덩이 달싹이며
치맛자락 밟고 투정이 늘어진다

조바심내지 마, 볼 풍선 바람 빼고
꿈틀꿈틀 일어난 흙살, 찬바람 밀어내면
엉덩이 툭 차 내보낼 테니

메트로놈

혀끝에 매달려 신경망을 톡. 톡
건드리는 자음과 모음, 파동이 인다

스친 자국마다 붉은 오선
삼켜지지 않은 피멍울, 목젖에 걸려
좌우로 휘청인다

앞발치 세운 거친 말[馬]
엉겅퀴 덤불을 훌쩍 뛰어넘더니
세찬 발길질이다

멍울 터진 자리, 돋운 흙 위로
붉은 꽃잎
뚝뚝 떨어진다.

덩굴, 그 강인함

응급실 붉은 직벽을 기어오르는 담쟁이

부여잡은 건 놓지 못하는 생生
놓을 거면 잡지도 않았을 그를
돌담에서 떼어보다 만다

기어오르는 뿌리에 돋은 빨판
한 땀 한 땀 허물며 수직 벽을 타던 생生
거친 숨, 공기 속으로 실어 보냈던 긴 여정

응급실로 실려 들어가는 팔순 노인
메마른 호흡 긁어모으려
허공을 헤집는 손에 덩굴이 생긴다

파리한 손등에 솟은 핏줄
움켜쥔 손안에서 팔딱이는 숨

초록이 저토록 강한 색이었는지
여위고 비틀린 손으로 새순 풀어낸다.

몽돌, 즐기다

사금파리 같던 각을
태양의 담금질과 파도의 스크럼에 굴리며 깎인
둥근 몸뚱이

시간의 줄에 매달려서도
소리 내어 웃는구나

또로록 또로록

파도가 돌이 되고
돌이 파도가 되는
저 말간 웃음소리

솟대

입술 언저리
퍼렇게 물들이며 실려 오는
홑껍데기 텅 빈 육신과
그 뒤를 따르는 후손들

이 짓, 얼마나 거듭해야
낡아 빠진
몸뚱이와 이별을 고할까

등짝에 욕창 가득한 새 살아난다

이승과 저승에 반쯤 잠긴
소속 불명의 몸뚱이로
불어 드는 바람에 버둥대며

메마른 들판에서 하늘 향해
두 팔 벌린 새

나를 버린 나를 올려다본다.

플라타너스

거실 창을 툭툭 건드리는 이파리
거울 앞에 제대로 서본 적이 없는 듯
굵은 허리춤만큼이나 양 볼도 버짐투성이다

이사 온 첫날부터 나는 그놈만 보이면
미간에 川을 그렸다

빛살 어물어지는 해거름 녘
품에 뛰어든 딱새 한 마리 꿀꺽하고는
시치미 뚝 떼는 놈

역시 첫인상이 중요한 거야
나는 뒤통수에 담을 쌓는다

어물어진 하늘, 터덜터덜 걸어온 하루에게
무릎베개 내밀며 옹얼거리듯 부르는
어제의 어제에서 걸어온 낯익은 노래

삼켰다고 생각한 딱새 한 마리
그 품에서 고개 내밀고

내려놓다

바람은 불고
바람 노래에 모여
햇살 튕기는 저 구슬들

강둑 위 벚꽃 그늘에
삼삼오오 짝지어 수런대는 걸음들

벤치 무릎에 앉은
시집 한 권과 휴대폰 음악
가끔 톡톡 튀어나오는 글자들

바람이 멎는다
수면 아래로 숨어버리는
구슬, 재잘거림

내가 부풀어 오른다.

바람의 손을 잡다

돌덩이에 눌려 뿌리 내렸지만
먼지버섯인 나
몸뚱이 반만 묻은 채 바람을 그리워했다

거미줄로 친친 감긴 눅진한 그리움,
닳은 귀퉁이 억눌렀던 일상이 고개
쳐들어 내게 대들어도
젖은 시간은 마르지 않았다

시간의 태엽을 감으며 두꺼워진 껍질 속에
숨어들었다, 씨앗 하나 품고
비탈진 음지, 바둥대는 손톱 밑에 피가 고인다

날아야지, 이젠

쪼개져 뒤집힌 껍질 속 매듭을 자르면
명치끝에 걸렸던 나의 포자는
바람의 손을 잡는다.

식구를 버리다

주인 믿고 까불던 산책길 시츄가
유기견에게 물렸다

가족으로 스며든 지 열두 해
허벅지 상처가 썩는다, 수술 후 회복실
눈 마주치자 낑낑대며 흔드는 꼬리

항생제에 잡힐까 살갗은 더 빠르게 썩어든다
일주일 치 병원비가 250만 원이나 나왔다

안락사를 두고 수의사와 멱살잡이하던 목소리
벽에 부딪혀 깨진다
(바로 옆방이 시츄 병실이란 걸 지운 개싸움)

목숨과 동전을 양팔 저울에 올려놓고는
빌라도가 되어 손을 씻는 수의사
개 주인은 글썽이는 눈으로 병실 문을 연다

젖은 털 곤추세우며 뒷걸음치는 시츄

박용연
pyy00577@daum.net

쓰리 고 외 9편

쓰리 고

껌딱지처럼 붙어 있어도
싫지 않은 걸로 보아, 우린 아마
전생의 금슬 좋은 부부였겠다

못다 한 사랑
다음 생에 이루자 약속했던
그들이 우리겠다

광패를 버릴 줄 아는 여자
쌍피가 달라붙는 여자
그런, 당신이 무어라 해도
나의 다음 생은
무조건 당신과 함께 "고"다

기거를 허락하는 방식

어린 식솔 줄줄이 거느리고
입동의 거리에 내몰린
남루한 차림의 눈병 균菌씨
눈에 보이지 않는 작은 목숨이라도
살긴 살아야 한다며
낡은 내 눈의 문지방 두드린다

졸망졸망한 문 앞
젖은 어린 것들의 눈망울이
어디서 본 듯한 설움 같아
그들의 기거를 허락하는 방식은
근질거리는 눈 비비는 거였다

며칠간 그들은
내 눈에 안식하겠지만
보이던 것만 보던 내 눈에
보이지 않는 당신 들여앉혔으니

벌겋게 불 지핀 내 집에
며칠 머물다 가시게

화해의 메시지

나는 도시형 비둘기입니다

높인 목청으로
당신 새벽잠 깨울 때
아련한 유년의 과수원 길
당겨져 왔을 것입니다

비 내리던 그날의
산비둘기 울음소리에 가슴 적셨을 당신
그런, 기억 속으로 데려다 준 내가
어쩌면, 낮에 발길질하려 했던
밉살스런 동네 비둘기란 것도
알아차렸을 것입니다
아무 곳에 배설이나 하는
처신도 모르는 내가
미움의 대상이란 걸 알고 있습니다

그렇지만, 여보세요
제발, 있는 그대로 보아 주면 안 될까요
허술하게 태어나, 집 없이 떠도는 나를

당신 잣대로 가늠하지 말아주세요
내 울음 속에 섞인
처량함을 이해하려 들 때
당신 마음의 무게, 또한
줄어들 수 있지 않을까요
잠든 당신께 부탁드립니다

깃의 파동

우주
두 개의 블랙홀에서 생겨난
13억 광년의 파동이
지구에 도달했다

시時공간을 출렁이며 건너 왔을
저 깊고 낮은 파동의 소리

우웅

그리곤 조용했다

내게 날아들었던 파랑새 날려 보낸 후였다

콜로라도의 달밤[*]

말발굽 먼지바람 일으키며
콜로라도 계곡을 주름 잡던
열아홉 무리 서부의 악당들
카우보이모자 밑
구레나룻 사내들의 총질은
무자비한 강탈이었다
유년의 만화책 종편으로
사라진 줄 알았던 악당의 무리들이
반세기가 지난 지구의 반대편에서
"코로나19"라는 조직으로
스멀스멀 유령처럼 되살아났다
달밤을 순찰하던
보안관마저 사라진 지구의 도처
소리 없이 세를 넓혀 가는 그 무리 앞에
속수무책인 당신과 나
말을 묶어 두던 "바"거나 "카지노"라 해도
큰 젖가슴의 핑크 여인
밀창 밖 유혹의 손짓을 해도
보안관이 나타날 그 날까지
띄엄띄엄
우린 달 뜬 밤에도 모른 체 해야 한다

[*] 콜로라도의 달밤 : 1960년 초에 나온 만화책 제목

순한 바람

외로움 달래기는 춤만 한 게 없다는
나뭇잎의 귀띔

아내 몰래 슬금슬금 춤 배우러 간다

무릎 아래 맴돌다 말
내 순한 바람기는
체온 높은 과수댁이나 에스라인 여자라 해도
치마 들추기까진 멀겠다

나의 춤은
외로움 이겨내는 몸 동작이라 한다

그렇다 하더라도
퇴화된 내 몸 어딘가에
숨겨진 늑대의 근성 있어, 호시탐탐
식감 좋은 사냥감 노릴지도 모를 일

자칫, 볼따구 맞을 일 남았겠다

멸滅에 대한 해석

　"멸"이라는 것은 사라져 없어진다는 것이다. 없어진다는 것은, 죽어야 이루어지는 것인데, 사람은 죽은 후에도 없어지지 않고, 우주 어딘가에 미립자로 남아있다 한다, 사랑하는 사람과 헤어지기 싫은 나 같은 사람에게, 인연법에 따른 겁의 시간 뒤, 그 사람을 다시 만난다 하니, 없어진다는 것 외에, 여백의 글을 남겨 두지 않은 것은 맞지 않다는 것이다. 그러니까, 멸이란, 온전히 사라져 없어지는 것이 아니라, 작년 가을에 죽은 텃밭의 해바라기가 다시 꽃 피우듯 만날 수 있을거라 우기는 나에게 저승사자, 붉은 낙관을 쿵 내리치며 "멸" 하면 없어진다는 것이니, 그렇다면 그런 줄 알아라는, 강압적인 뜻도 포함되어 있다

계보에 들다

절간, 사천왕 앞에 가면
조무래기 어깨에도 힘 들어간다

계보 자락에도 없는 심약한 내가
사천왕을 향해
감히 "형님"이라 불렀으니
그 죄 불거졌겠다
그래도, 나름 머리 조아려 예를 갖췄으니
멀리서 와닿은 눈길 있었겠다

청룡의 허리 움켜쥔
듬직한 형님의 발밑에
납작하게 깔려있는 악마의 조무래기들

존만 한 새끼들, 감히 내게 깝죽거렸어!

부리부리한
형님의 등 뒤에 숨은 내게서
울컥, 치밀려 오는 어떤 뜨거움이 있다

지축을 관할하는 사천왕 앞
의기양양해진 나는
건달바*의 말석 꼬붕**이 되었다

* 건달바 : 인도 신화, 향과 음악을 즐기는 신
** 꼬붕 : 부하

인중人中에 대한 고찰

인중은 우주와 연결되어 있다

처져 내린 인중
길이를 가늠하는데
"너는 그곳이 길어 오래 살겠다" 하시던
아버지의 말씀
거울 뒤편에서 들려 왔다

지금의 내 모습 따윈
상상치도 않았을 아버지
무작정 오래 살길
천지신명께 빌기도 했겠다

그런 아버지보다 더 오래 산
지금의 내가
불효의 시기는 지났다 하더라도
메마른 도랑같이 남은 생
중심자리 지그시 누르는데
우주를 가로질러 온 아버지
내 인중의 맥 먼저 짚으시고

추자楸子

스산한 바람 불고
나뭇잎 진다는 건
계절이 바뀐다는 것

바뀔 뿐인 계절에
쓸쓸함을 느낀다는 건
주름 깊어가는
편도체* 때문이라는 것

보이는 것들에
생각을 구겨넣는 나이거나
수만 갈래 하늘 길 열어보던
허공 중의 당신이거나
우린 이미
연유緣由에 길들여져 있었던 것

가을 볕의 당신과 나
두피 속 알맹이는 서서히 익어가고

  * 편도체 : 감정을 의식 속으로 보내는 뇌

서 정 랑
jrseo119@hanmail.net

사랑니 외 9편

사랑니

왜곡된 사랑이 X선에 발각되었다
긴 밀애의 내통이 품고 산 건 조바심
들키고 말았다
정 떼는 연습을 하고서야
국소마취가 시작되었다
섭섭하면 어쩌나
허전하면 어떡하나
잇몸 깊이 숨긴 통증
절박한 순간까지 아니 놓는다면
지독한 염증까지 끌어안은 미련한 사랑의 자리가
혀끝을 받아들인다
송두리째 뒤흔들고
강제로 도려낼 지경에야
나는 네가 사랑인 줄 알았는데
너는 스르르 나를 놓는다

고양이 휴일

게으른 다리로 걸어간 수목원
손잡고 웃는 꽃들이
통성명 없이 어울려 논다
꽃을 위해 고양이 몸짓으로
돌아다녔을 씨앗
무슨 사이면 뭐 어때
첫 만남은 봄비처럼 간지럽겠지
손잡고 걸으며 나뭇잎 흔들고 흔들어
세상 끝까지 수액 올라가
그들의 밀어 애가 탄다
농익은 열매 떨어지면
꽃 피기 전 생각하며
지더라도 섭섭할 것도 없다 해야지
안타까울 일도 없다 해야지

수목원 해질 때까지 서성거린다

어느 별로 갔을까

그날은 비가 끊이지 않았고
휴대폰에 뜬 부음이 밤새 징징거렸네
평생을 살며 이마주름에 녹음 잘된
할머니 공주병 앓이
오늘 밤, 내게 유전된 그 소리
밤새 징징 내리네

돈가스처럼 동그랗게 달뜬
그녀의 늙은 박꽃얼굴이 환할 때마다
동창 얼굴은 손에 든
감주 페트병 밥알이 동동 내 입안에서
모래알처럼 굴러 심장을 갉았네

밤새 천둥 쳤네, 쩍쩍 갈라진 하늘 길
여름 녹음 반복재생
반복재생하지 말지, 녹슨 테이프
찡찡 닿을 때마다
어깨동무했다가 손 풀고 저어 보내야 할 즈음,
한 번쯤 비는 찡끗 멈춰야 하니까

〈
캄캄한 하늘에 흔들던 페트병
공주병 할머니와 휴대폰 속 얼굴
어느 별로 갔을까
남은 밥풀을 헤아리네

청자

담배라고 놀렸던 기억의 이름
휴대폰에 떴다, 청 자

문어식당에서 만났는데
손가락 두 개가 없다
어금니도 한 개가 없어 발음이 휘휘 샌다
새벽 우유배달로 번 돈
손가락 두 개와 바꾼 보상금
알뜰살뜰 모아 아파트 샀다 자랑이다
어설픈 발음이 신나서
담배연기처럼 날아다닌다

신시장 문어 한 다리 잘라 와서 먹다가
울컥, 청자 손가락을 보았다

언제 봤던가

몸통 펼친 장어는 바다의 전생이다
참숯불 위에서 돌돌 말아 구워지면
몸통이 가느다란 여자의 홀 서빙 몸짓이
전생까지 석쇠 아래로 떨어진다

숯 위에 기름 톡 튀듯
하필 오늘따라 유난히 어디선가 봤었을까
시선이 따라간다
내 과거까지 따라와
온 동네 냄새 퍼뜨릴 것 같아
초조하게 타들어 간 부위를 가위로 잘라낸다

동석한 친구가 고단백이니 많이 먹으라고
앞접시에 바다를 집어준다
낯익은 것들이 오락가락하면서
언제 봤던가
집어삼킨 전생의 기억들이
스텐 탁자 위에 어렴풋이 비친다

詩의 한 수

"맛있는 밥 짓기를 시작하겠습니다."
말하는 압력밥솥
골고루 흔들어 달라는 부탁까지
흔들면 밥맛이 배가 된다는데
문득 생각해보니
내 시는 항상 묵은 냄새가 난다
시작법 책을 읽고
시 창작 강의를 듣고
발칙한 발상도 해 보았지만
뚜껑 열면 따끈하고 감동적인 밥맛이 아니었다
배울수록 더 건조하고 잘 쓰려는 욕심만 커갈 뿐
좋은 쌀을 잘 씻고 물 조절 잘해서
매뉴얼대로 시 쓰기를 해도
마지막 한 수가 없다
살살 잘 흔들어 줄 한 수가
내게 들킬까 봐 꼭 꼭 숨어있다

매생이 요리하기

하늘 가둔 물살에 그물망 치던 매생이, 겨울 굴국밥집에 들었다. 바다냄새 물씬한 엉덩이가 입안으로 빨려든다. 내 쓸쓸한 호주머니 속으로 불쑥 밀고 들어오는 남자의 손을 상상한 후로 한 숟갈 매생이 머릿속에서 실장어처럼 흔들렸다.

잡히지 않는 빨랫비누를 두 손으로 잡을 때도 물컹거리는 매생이. 문지르고 싶던 바다는 미끄덩거리며 모래 위로 떨어져버렸다. 온몸에 녹아든 잿물 냄새와 피부발진 돋은 작은 손에는 주홍글씨 선명하게 남겼다.

흐르는 물에 잘 빨아 얼룩 하나 없이 하얗게 표백해 봐! 태양은 웃으며 끊임없이 매생이에게 속삭여주었다.

남자의 손은 굴 껍데기 같았다. 얼룩진 채 밴드 스마트폰 창까지 따라와 시작 화면에서 깨굴깨굴 속을 뒤집는 물컹함. 눈부신 태양이 뜨는 날에는 아랑곳없이 나는 그 남자를 찾아 온라인 바다 속을 헤치고 헤엄칠 것이다.

그래도 나타나주지 않는다면 매생이 한 올 건져 대나무 꼭대기에 걸어두고 나 여기 있어! 표시인 양 펄럭이리 초록 머리카락 하늘하늘 흩날리며

이유 있는 한 줄

한 줄 사러 간다
번잡한 식사가 싫어
돌돌 말린 김밥을 산다
목구멍으로 들어갈 때마다
기적소리 울리고
어두운 내장 속을 기차가 달린다
평평한 등을 펴서 철로에 뉘어도
한쪽으로 쏠리는 몸
이리 돌리고 저리 돌려도
철로 위에 굴려보아도 잠시,
불안한 평온이다
아픈 허리 끙끙대며 뒤척여야 한다
터널 끝에 활짝 피었을 풀꽃들을 향해
힘껏 달려야 하니까
이대로 멈추면 추돌하니까
그래도 밥을 먹여야 하니까

한 줄 사러 가는 이유는 간단하다

백일홍 질 때

까마귀 한 마리
아침 댓바람부터 긴 울대 세웠다
귓속까지 파고들어 온 이명
아직도 못다 한 말 남았을까
무더위 지나면 없었던 일처럼
시원하게 씻겨라
저 시끄러운 놈의 부리가
삐뚤어지든 말든
나는 창문을 닫는다

내 뜰 안의 백일홍이
첫사랑보다 빨갛게 피더라도
단 한 가지 이유만으로
꺾을 수 없다는 걸
간지럽게 흔들려주면서
후끈한 웃음을 웃어야 하지 않겠니
아침마다 까마귀 내 창가에서
저리 시끄럽지는 않았을 텐데
애초에 알았더라면

봄, 네가 온다

검지발가락은 성질 급한 애인이다

털부츠 속에서 한껏 부풀었던 그대
스타킹 벗어 접힌 주름살로 마중 나가
달궈진 그대를 반대쪽 정강이에 밤새 비볐다

둔한 뒤꿈치가 말랑말랑해지고서야
조용해졌다

애타는 겨울 후희로
네가 온다, 최고수 그대 몸짓에

절대고수인 내가 졸린다

송 원 배
song5131510@naver.com

뻥튀기 꽃 외 9편

뻥튀기 꽃

뻥튀기를 팔고 있는 할머니
아스팔트에 핀 꽃이다

꽃이 된 할머니는
나비 같은 차들의 질주를 가로막으며
하늘 위로 올랐다가 내려앉을 때
뻥튀기는 덩실덩실 기우뚱거리며 춤춘다
오른발 뒷굽을 닿지 않으려 애쓰는 걸 보면
빌려 쓰는 땅에게도 미안했나 보다
할머니 그림자에 길게 늘어진 차들 꽃잎 뒤로 숨고
짙게 선팅된 차창 안으로
뻥튀기 하나 건네질 때
허기진 주름에 닿은 천원 지폐는 나풀거리며
깜박거리는 신호등 초록 속으로 떠나간다

훨훨 꽃나비의 시간

기린 목

대구와 성주를 오가는 시외버스
어두컴컴한 밤길에도
엄마는 친정집이 다가오면
툭 불거져 나온 눈, 기린 목이 된다
길어야 십여 초의 불빛
외할머니 안부를 긴 목으로 전했다

불빛은 이내 사라지고
어둠은 집의 윤곽마저도 삼켜버릴 때
엄마는 멀미를 시작했고
그리움을 토해내면 일련번호를 매겨야 했다

황신댁이라는 택호를 얻고
훈장인 듯, 멍에인 듯
자식의 이름자를 앞에 붙이면서
수없는 눈물을 감추어야 했지
토한 그리움, 하나도 버리지 못한 엄마
하얀 비닐봉지에 꽁꽁 싸매어
그날 밤 황신을 지나왔다

0미터

입이 찢어질듯 하품하던 날
하늘 길 끊겼고
배가 터질까 방귀 내지르던 날
대문이 철커덕 닫혔다

오만한 최상위 포식자
먹거리 위세 떨던 날
2미터 밖에서 들려오는 통곡 소리
生死에도 오가지 못해 눈물겹다

내 양팔을 벌리면 176센티
비말이 날아가는 거리는 2미터
마음이 가닿는 그곳은 0미터
내 양팔의 따스함은 2미터를 넘지 않고
너는 더 이상 손을 내밀지 않는다

눈길을 전할 수 없을 때
수화기 너머
괜찮나 건강하지!
안부 전하는 당신 목소리를
오래오래 바라봅니다

식욕이 살아나다

벌레 먹은 치아 앓느니 뽑아버렸다

하루 양치는 몇 번 하시나요
치실은 사용하시나요
스케일링 언제 한 거죠
더 이상 내력을 밝힐 필요는 없다

움푹 뽑혀 나간 자리
조심스런 혀는 침을 잔뜩 머금은 채
탐색해가는 내밀함
꿉꿉한 생선의 비릿함이
서리 맞은 고욤의 달달함이
짭짤하게 절은 소금기도
닿지 못했던 그곳

칭얼대던 잇몸이 주린 배를 친다
말랑말랑 여린 촉감

꼬리치는 화장

출근길 초록색 모닝 차
빨간 신호등에 붙잡힌 순간
여자의 빠른 화장술

눈썹에 진한 생각을 그리고
아이섀도 깊이를 더하고
립스틱은 당당하게 도발하고
볼 터치는 수줍음을 머금고
작은 빈틈 하나 없이 여자의 아침이 완성된다

바람기 있는 차들이 꼬리에 꼬리를 문다

고로쇠의 봄

어린 손자의 오줌이 약이 된다는 할머니, 어떻게 오
줌을 먹어요. 그거 다 미신이야! 어깃장 부리던 손자는
쩍 갈라터진 실핏줄에 닿던 따뜻한 오줌 맛이 그립다.
봄이 오면 별 모양의 선한 붉은 딱지 혀끝에 얹고, 가래
끊는 기침도 잦아들게 하는 허연 등가죽이 골 깊은 비
탈에서 누는 오줌, 고로쇠

새순보다 먼저 내 혀에 닿고 싶다며 흐르던, 할머니
의 비밀 같은 봄

한낮의 연애

너무 뜨거워
나무 그늘에서 지켜본다

변죽이 난 것들은
대체로 붉거나 거무튀튀한데
저것들은 부풀어 올랐다

텐트 속 뜨거운 풋밤
서로가 원하면 섞이고
당기고 권하는 법이지
한잔해

비워낼수록
입맛은 입으로 다시고
흥건한 침 꿀꺽 삼키는 거지
쓰러지기 전까지 끝나지 않을 행진

짠 내음 밀려들자
해변도 누워버렸지

하얀 아침

장독대가 깨어지던 소리
그곳에는 이미 내가 없었지

불안한 내 곁눈질 대신
어머니의 침묵은 길어지고
어스름 저녁 다듬이질 소리만 요란했다

팔딱거리는 내 심장
펴지고 구겨지며 뜨끈하다

이대로가 좋다고 우기지만
가로 당기고 세로 당기고 솔기를 펴고
오므린 입에서 물이 세차게 뿌려지면
이리 접고 저리 접고 다시 매만지고

빳빳하던 빨래 숨죽어
부들부들해졌지만
어머니 반쯤 감은 눈, 아직도
생각을 하시는 건지
잊으신 건지

빨랫줄에 걸린 하얀 아침 해
눈시울이 시큰거렸다

네모 도시

사람들은 각진 꿈을 키우며 도시를 만든다

잠자는 그곳이 집이야
잠만 자면 뭐 해
소유하지 못해 안달하는 주거지역에는
주거하지 못한 불안들이 머물고

사람이 모이는 곳은 중심이 되는 거야
내 것과 네 것을 교환하는 상업지역의
셈은 이윤을 등에 업고

원가절감이라는 목소리 쉰내가 난다
노동을 대신하는 자동화에
사람보다 로봇이 늘어나는 공업지역에선
실직 가장의 무게가 늘어나고

도시공원은 좋은 공공재야
오십 년 묶여 있어 봐
내 것을 내가 못 누려도 남들은 웃음 짓는
녹지지역의 푸른 속앓이는 짙어지고

〈
편을 나누는 데 익숙해진 콘크리트
층층이 그늘을 드리우고
밤마다 어제를 지우는 도시는
그래도 꿈을 간직한 각진 섬이다

인력시장에서

녹슨 못 박힌 각목은
비뚤어진 눈알로
불 속에 던져지는 새벽을 주시하고 있다
속이 마르지 않은 생목生木은
사방으로 희뿌연 입김 내뿜다가
불구덩이에서도 격리된다
타오르지 못해서 절망에게 쓰는 생떼
빠져나간 사람들 틈만큼이나 한파는 매섭다
초조한 신발끈 매듭을 풀었다가는 새로 조이면서
옆 사람의 다른 신발을 슬쩍 훔쳐본다
이번 차례는 낡은 신발
다음 차례는 구겨진 바지의 차례가 될 것이다
그럼 난 머리띠라도 둘러매어야 하나
꺼지는 드럼통 난로에 해가 솟아
물기 남아 제쳐 두었던 심술스런 화목도
힘껏 던져 넣는다
격리된 몸뚱어리에서 피어오르는 매캐한 연기에
눈알이 빠져 걸리는 낮달
해는 저만큼 쫓아오는데
구름 한 점 남아있지 않고

오그라든 발 헐렁해진 신발은
반대가리* 주인이라도 애타게 기다려 보는 것이다

 * 인력시장에서 반나절 일

이복희
boghee0320@hanmail.net

홍매화 열반 외 9편

홍매화 열반

절정인 홍매화 보시라고
화엄사 각황전 꽃살문 열어뒀다

절간에 깃든 요염한 자태
도반들은 사문에 들기 전
색주가 배꼽 예쁜 여자를 몰래 떠올렸다

붉게 물들인 경내에서
열반의 소망은 붙었다 꺼지는 심지
그을음만 남을 줄 알면서
터진 꽃망울 걷어차고 간 흰 구름에게
염화미소가 부처의 답이다

무언가 탁, 터지는 소리
몸속 피던 꿈들도
심지의 눈빛에 걸릴 때
눈물이 촛농처럼 왈칵 쏟아지겠지

숨 몰아쉬며 홍매를 바라보던 부처가
연화 좌대 얹어 둔 무릎 아래쪽을

슬쩍 꼬집는 순간,

만개한 홍매화
예불 올리는 자태가
물고기 떼 주렁주렁 매달린 열반의 세계다

어색한 화장

화장火葬을 앞두고 하는 화장술이 있다

당신 저승에서도 예뻐지려나
눈썹을 그리면 눈썹이, 입술을 바르면 입술이
차례대로 지워진다

눈 코 입에서 풍기는 낯선 냄새
오랫동안 곁을 떠나지 않던 불안들이
몸의 구멍마다 보랏빛 싹을 키운다

화장하는 날은 먼 길 떠난다는 걸 오늘에야 알았다

태양 빛의 길을 따라가는 나무처럼
당신이 낸 길로만 걸어온 나, 이젠 엎드린 민얼굴이다

'화. 장. 지. 워. 져. 요. 그. 러. 지. 마. 세. 요. 제. 발….'

얼굴이 하나였다가 둘이었다가
눈 한 번 깜빡거리면 사라질 어머니
이제는 눈을 감아야 더 잘 볼 수 있나요

덧칠해도 자꾸만 회색조가 되는
내 화장술을 탓하지 마세요
손수 할 수 없는 마지막 화장이니까, 그날이니까

오늘 당신 떠나보낸 민얼굴인 나
내일은 핑크빛 아이섀도를 바를래요
그래도 되죠?

오래된 거미집

창틀마다 물방울 매달려 있어도
자식 없는 빈집일 뿐이다

세공사 손길이 다녀간 거미줄에
뭇별들 걸어 두고서야
밤하늘에 지은 집은 완전한 집이 된다

꽁무니에서 흘러나온 초능력은
네트워크를 이루는 데 한 치 어긋남이 없다

직선이 난무하는 아파트 공사장에서
밤늦게 돌아오신 아버지
자신의 집은 지을 줄 몰랐고
찢기거나 뒤엉킨 그물을 밤마다 수선하는 일은
어머니 몫이다

거칠어진 어머니 무릎 서로 베겠다고
실랑이 벌이다 잠든 남매들 머리맡,
얼룩진 벽만 바라보다 떠난 아버지
눈치 싸움에 익숙해진 남매들은

다투는 일에 급급하다 그만,
잡아놓은 먹이조차 놓치곤 했다

줄줄이 매달렸던 물방울들
도시 속으로 모두 떠나고
빈집에 홀로 生을 탕진한 늙은 거미
몸으로 쓴 詩를 허공에 내다 걸고 있다

지붕 위의 타이어

판자촌 게딱지 지붕에 걸터앉아
입 벌린 타이어가 휘파람 분다

지붕 덮은 천막 날아갈까 봐
타이어는 남은 무게로 지붕을 한껏 누른다

지붕 아래 독거노인 박 영감네 쪽방
머리맡 물받이로 놓인 이끼 낀 양동이
말라비틀어진 빵조각에 붙은 검은 곰팡이
타이어는 빗물이 더는 새지 않기를 바랄 뿐

한쪽으로만 닳아 휘청거려도
박힌 못이라도 없나, 낀 자갈이라도 없나
자체 점검하려는데
동그란 입 다물지 못하고 누워
땅의 사정 하늘에 고해서 무얼 하겠다는 건지

문득, 살갗 다 닳으면 어디로 갈지
궁금증이 이마를 친다

평생 길 위를 달려왔으니
덜컹거린 외도쯤 심하게 나무랄 일 아니지
앞으로 달릴 꿈
하늘 향해 휘두르는 팔

잘 가라 곪은 알 같은 구름아!

흰 꽃이 흩날리는 날

진득한 닭똥 쌓인 자두나무 아래
싸리나무로 엮은 닭장 안
암탉 한 마리 쪼그려 앉아 몸 풀고 있네요

과원에 먹장구름이 잠시 머물다 지나갔어요
임시 화장실에 기어든 미혼모 김양
핏물 흥건히 고인 화장실 바닥에
작은 핏덩이를 신문지로 돌돌 말아 놓고 어쩔 줄 모르네요

환기창으로 비집고 들어온 오후 빛 위로
핏덩이를 살며시 밀어 놓은 그녀
문짝에 기대어 쪼그리고 앉아
누른 벽에 붙은 전단지를 젖은 눈으로 올려다보네요
"미혼모 신생아 입양"이란 활자에 닿아
눈물이 뚝뚝 끊기네요

돌아서기에 늦은 발걸음 무겁게 떼며
김양은 모든 것이 가벼워지길 원했을까요
귓속 파고드는 핏덩이 울음소리에
몇 번이나 뒤돌아봤겠지요

〉
핏덩이가 좋은 집안에 입양되기 바라는 그녀
팅팅 불은 젖은 눈물처럼 흘러내렸겠지요
갓난아기의 울음소리가 내내 귓가에 맴돌아요

과원의 오후는 온통 흰 자두꽃으로 흩날리고 있어요

단물, 그 이후

사랑니 뺀 자리 허전해
꽃 향이라도 심어주고 싶어
스피어민트 널, 입에 문다

낯선 골목을 서성일 때도
헛발에 꼬여 휘청거릴 때도
한번 각인은 도무지 지울 수 없어
언제나 내 후각의 언저리를 맴돌던
너는 나의 민트향

좀체 떨어지지 않을 것처럼
진득한 연분을 들먹거리는 너
사랑니 빠져나간 잇몸이 다시 품으니
애첩같이 달라붙어 입안의 혀처럼 군다

비뚤한 앞니부터 벌레 먹은 어금니까지
입속 사정을 속속들이 살핀 너를
엄지로 검지로 돌돌 말아
손끝에서 톡 튕겨버리려고 하니
너는 내게 질긴 푸념이다

〉
단물 다 빠져버린 너를
심심풀이 삼아 풍선처럼 부풀리는데
펑 터지는 순간,
와락 달려들어 내 입을 막아버리는 너

잇몸 다 아문 지 언제인데
떨어지지 않으려는 너의 집착에
내 입가는 보랏꽃 한창이다

조기 굽는 저녁

입 벌린 조기 한 마리
달궈진 불판 위에 올린다

가로로 칼을 맞고도
뒤집을 때마다
바다를 헤엄치던 습관으로
파닥거리는 꼬리지느러미

번갈아 뜨거움 맛본 등짝
흐르는 대로 흘러가자는 잠행인지
온몸 고요하다

고단한 몸이
유선형으로 굳어가는 골격을 이끌고
뉘엿뉘엿 집으로 돌아온다

식탁에 앉은 남자
덥석, 조기 대가리부터 분지른다
심해를 유영하듯 움직이는 젓가락
남자의 쉰다섯 번째 미소가 비릿하다

〉
바다를 속속들이 들여다본 남자와
바다를 순순히 내어준 조기 사이에서
여자는 꼬리에 남은 바다의 냄새를 맡는다

뼈대만 남은 조기 앞에
짠맛 배어있는 생일 케이크

엿 파는 품바

고무신 한 짝씩 흑백으로 나눠 신고
쿵짝쿵짝 추위를 밟으니
오일장이 달아오른다

누구도 못 말리는 저 역마살
엿가락같이 구멍 많은 가슴에
갯벌 같은 브래지어로 당겨 덮는다

덕지덕지 바른 화장술로 여장을 했으니
햇살이 종일 따라다녀도 좋아
구수한 노랫가락에 연지곤지 찍었으니
잘라내는 엿판에 박제되어도 좋아

슬픈 웃음 피에로 얼굴로 오일장 흥이 되기까지
달였던 가마솥이 어떻게 식어 가는지를
그는 일찍부터 알고 있었던 것
막춤 끝낸 그의 스텝이 다시 달궈질 내일도
툭툭, 부러지는 엿가락 속에 있으니

카우보이모자에 빨간 목도리
노란 브래지어에 파란 스타킹
짝짝이 신발의 품바
민얼굴이 낯설어 다음 오일장으로 넘어간다

흥을 팔고, 웃음을 팔고, 엿을 팔고
팔 것밖에 없는 역마살의 품바 인생

팔랑귀 흔들리다

4차선 주행 도로에서
신호대기 중인 내게
창문을 내려보란다

밀착하듯 다가온 호객꾼
눈빛 찐득한 걸로 보아
얼핏, 고려의 냄새가 났다
멀리서 홍삼을 팔러 왔는데
참 인상 좋은 내게 좀 주고 싶단다

갓길로 차를 세운 나는
차마 내리지는 못하고
주춤주춤 창문만 내렸다
내린 창문으로 밀고 들어온 홍삼 한 박스
어여쁜 신라 연인을 만나
행운이란 말까지 덤으로 건네는 바람에
내 팔랑귀는 흔들렸다

입 벌린 지갑이
바람 든 내 마음처럼

헤벌쭉 웃으며 열렸다가 닫혔다

집에 있는 핏기 가신 말뚝귀에게
어디서 난 홍삼이라 말해야 하나

유두임 할머니

김천의료원 호스피스 병동 412호
유두임 씨 폐활량 조절 중이시다

마른 속, 기침으로 다 들어내고도
물이끼 뒤집어쓴 아랫배
했던 소리 하시고 또, 하시는 할머니
모든 병과 잘 어울리신다
파킨슨병, 뇌졸중, 치매, 당뇨, 뭘 붙여놔도
다 그럴 듯하더니 복수가 차올랐다

침대가 바다인 듯
뒤집힌 몸 뒤척여보지만
멍든 등에 남아있는 지느러미마저
갯바위 얼룩 위에 내려놓는다

날아간 갈매기는 너무 멀고
슬플 일 없을 만치 배 불룩한 유두임 씨
허기의 눈가 소금기로 덮였다

손님인 듯 찾아오는 자식들에겐
염전에 잘못 올라온 한 마리 밀복인지
천장 향해 입만 뻐끔거린다

詩공간 발자취

2018년

03.07 《시공간》 첫 모임, 첫 출발
 - 김종태 박용연 이복희 모현숙
04.09 4월 합평회
 - 김종태 박용연 이복희 모현숙
05.21 5월 합평회
 신입회원 가입 : 서정랑
05.22 시공간 밴드 개설
05.27 이복희 '2018 상화문학제 백일장' 입선
 - 대구광역시수성문화원
06.20 6월 합평회
 - 김종태 박용연 이복희 모현숙 서정랑
07.09 7월 합평회
 - 김종태 박용연 이복희 모현숙 서정랑
08.13 8월 합평회
 - 김종태 박용연 이복희 모현숙 서정랑
09.01 이복희 '제8회 고모령 孝 예술제 孝 문예작품'
 공모전 최우수상. 주관 : 대구문인협회
09.03 시공간 다음 카페 개설 cafe.daum.net/poem-space
09.10 9월 합평회
 - 김종태 박용연 이복희 모현숙 서정랑
10.15 10월 합평회
 - 김종태 박용연 이복희 모현숙 서정랑
11.08 11월 합평회

- 김종태 박용연 이복희 모현숙 서정랑

11.23 이복희 '제31회 매일 한글글짓기 경북 공모전'
차상. 주관 : 매일신문사

12.01 12월 합평회
- 김종태 박용연 이복희 모현숙 서정랑

12.19 대구시협 송년문학제 참석
- 김종태 박용연 모현숙

12.27 2018 송년회
- 김종태 박용연 이복희 모현숙 서정랑

2019년

01.14 시공간 회칙 수립, 2019 연간 추진 계획 수립
1월 합평회
- 김종태 박용연 이복희 모현숙

02.19 2월 합평회
- 김종태 박용연 이복희 모현숙 서정랑

03.18 3월 합평회
- 김종태 박용연 이복희 모현숙 서정랑

03.18 '대구신문 오피니언 좋은 시를 찾아서'
- 이복희 회원의 시 발표, 5회 발표

03.22 '대구신문 오피니언 좋은 시를 찾아서'
- 모현숙 회원의 시 발표, 5회 발표

04.15 4월 합평회
- 김종태 박용연 이복희 모현숙 서정랑
- 오상직 시인 초대

05.13 시공간 동인지 창간호 발간 협의
5월 합평회
- 김종태 박용연 이복희 모현숙 서정랑

- 이해리 시인 초대
06.17 시공간 동인지 창간호 작품 준비
       6월 합평회
       - 김종태 박용연 이복희 모현숙 서정랑
07.15 시공간 동인지 창간호 원고 모음 및 편집
       - 김종태 박용연 이복희 모현숙 서정랑
07.31 시공간 동인지 발간 원고 교정
       - 김종태 박용연 이복희 모현숙 서정랑
08.30. ≪시공간≫ 동인지 창간호 출판 기념회
       - 김종태 박용연 이복희 모현숙 서정랑
       - 내빈 : 박방희(대구문협회장), 장호병(한국수필가협회
         이사장), 주설자(문장작가회장), 박언숙(대구시협사무국
         장), 방종현(대구문협 이사)
09.01. 제6회 대구시민과 함께하는 가을음악회 시낭송
       - 이복희
09.02. ≪시공간≫ 동인 창간호 『바람집을 썰다』 출판기념회 신
       문기사 (매일신문)
09.07. ≪시공간≫ 창간호 발간 후 평가 반성회
       - 김종태 박용연 이복희 모현숙 서정랑
10.29. 10월 합평회
       - 김종태 박용연 이복희 모현숙 서정랑
       - 초대 : 노정희 수필가
10.31. 詩로 지은 집 '詩공간' 신문 기사 (시니어매일)
11.02. ≪시공간≫ 문학기행 '단풍에 물들다'
       - 김종태 박용연 이복희 모현숙 서정랑
       - 아동문학가 '권정생 선생님 살던 집'(안동 일직면) 외
       - 신입회원 2명 가입 협의
11.19. 11월 합평회 및 신입회원 환영회
       - 김종태 박용연 이복희 모현숙 서정랑

- 신입회원 : 박소연, 송원배

11.22.   대구매일신문사 주최 제32회 한글글짓기 장원
         - 이복희

12.02.   대구문화재단 생활문화활성화지원사업 생동지기 가입 등록
         (영역:문학 동아리)

12.05.   영축문학 창간호 신작 발표
         - 이복희

12.18.   12월 합평회 및 ≪시공간≫ 송년회
         - 김종태 박용연 이복희 모현숙 서정랑 박소연 송원배

2020년

01.13.   ≪시공간≫ 신년교례회 및 정기총회
         - 김종태 박용연 모현숙 서정랑 박소연 송원배
         - ≪시공간≫연중계획 수립
         - 코로나19로 인한 사회적 거리두기로 인하여 ≪시공간≫
           정기합평 취소(2월~4월)

02.17.   계간 〈시에〉 봄호(통권57호) 신작 발표
         - 이복희

03.25.   신작 발표(김포신문 '시감상' 코너)
         - 모현숙

04.05.   '샤갈의 마을 및 야생화 전시회' 방문 및 반곡지 봄 나들이
         - 김종태 박용연 모현숙 송원배

05.04.   5월 합평회
         - 김종태 박용연 이복희 모현숙 서정랑 박소연 송원배

05.08.   대구문인들이 바라 본 '2020년 대구의 봄' TBC 뉴스
         - 김종태 모현숙

06.22.   6월 합평회
         - 김종태 박용연 이복희 모현숙 서정랑 박소연 송원배

- 초대 : 박방희(대구문협회장)

06.25. 코로나19 대구 시인의 기록 『아침이 오면 불빛은 어디로 가는 걸까』 출간 참여 (주관:대구시인협회)
- 김종태 박용연 모현숙

07.02. 시화전 '시와 그림이 있는 풍경전' 참여 신문기사 (대구일보, 주관 : 달성문화재단)
- 모현숙

07. 《문장》 2020 여름호에 신작 발표
- 김종태 모현숙

07.24. 7월 합평회 및 《시공간》 동인지 2집 출간 협의
- 김종태 박용연 이복희 모현숙 서정랑 박소연 송원배

08.14. 영남문학인 대표작품선집 신작 발표
- 이복희

07.24.~08.16. 《시공간》 동인지 2집 발간 온라인 편집 회의 및 1차 교정
- 김종태 박용연 이복희 모현숙 서정랑 박소연 송원배

08.17. 《시공간》 동인지 2집 발간 편집 회의 및 2차 교정
- 김종태 박용연 이복희 모현숙 서정랑 박소연 송원배

08.17.~08.27. 《시공간》 동인지 2집 발간 온라인 편집 회의 및 3차 교정
- 김종태 박용연 이복희 모현숙 서정랑 박소연 송원배

08.28. 《시공간》 동인지 2집 발간 편집 회의 및 4차 교정
- 이복희, 모현숙

09.01. 강원도 〈요선문학〉 작품 발표 및 제12회 사재강문화제 시화전 참여
- 김종태 이복희 박소연 모현숙

09.11. 《시공간》 동인지 2집 『가을전어와 춤추다』 출판기념회 예정